KB234343

오래된 미신

오래된 미신

삶이 보이는 창

〈거미〉 동인 제1집

삶이 보이는 창

시집을 낸다.

그러니까 강산이 한번 변하기 전 어느 겨울 저녁, 서울 신사동 한 작은 호프집 기계는 잘 돌아가고 있었고, 열 명 남짓이면 더 앉을 데도 없는 그 가게의 실평수를 너무나 자주 비좁게 만들었던 사람들이 있었다.

살다보면 많은 사람들과 연을 맺게 되고, 개중에는 좋든 싫든 좀 질길 것 같은 느낌을 주는 이들도 있다.

우리는 보자마자 서로를 알아봤던 듯싶다.

당시의 우리는 80년대를 막 통과해낸 상처와 90년대를 어찌 살아야 할지 모르는 막막함에 쩔쩔매고 있었다. 거기다가 모두들 시를 쓴다는 공통점이 있었다.

우리는 곧 동인을 만들었다.

실질적인 발족은 그 해 크리스마스 이브 날 원주의 치악산에서다. 창을 열면 온통 눈구덩이인 산언저리 여관방에 각자의 시를 들고 모인 우리는, 첫날에만 소주 한 박스에 맥주 두어 박스를 비워 냈으니 초장부터 삶과 죽음을 오가면서 끔찍하게 동지애를 느낀 셈이다.

시는 서로의 얼굴만큼이나 달랐다. 세련된 도시적 감수성을 가진 이가 있는가 하면, 농촌 처녀·총각형 눌변도 있었고, 탐미적이고 유미적인 성향을 지닌 사람과 그런 성향을 극도로 싫어하는 사람도 있었다. 읽어보시면 대충 짐작하실 수 있으리라.

싸우기도 많이 싸웠다.

인간적인 관계가 발전하는 것과 시 쓰고 평하는 것은 엄연히 다른 것이어서, 네 시엔 물기가 없다, 물기가 너무 많다, 왜 이렇게 쓰냐, 심지어는 쓰지 마라, 이건 아니다라는 식의 혹평을 되로 주고 말로 받으면서, 서로에게 잔뜩 얻어터져 있다가도 다음날이면 어제 뭔 일이 있었냐는 듯 해장국 먹으러 우루루 몰려가곤 했으니 다 술의 힘이고 시의 힘이다.

그렇게 시작한 우리의 모임이 정기적 부정기적으로 여적지 계속되고 있다. 지긋지긋할 때도 되었건만 누구 하나 그만두자 하지는 않는 걸 보면 질긴 그 무언가가 있긴 있는 모양이다.

십 년 세월 저편이 아득하다. 시 쓴다고 모인, 서른에서 스물 초반의 처녀·총각들이, 그 동안 등단을 하고, 등단을 하지 못하고, 결혼을 하고, 결혼을 안 하고, 직장에 들어갔다가 때려치우고, 장사를 시작하고 말아먹는, 이런저런 삶의 부침을 겪으면서 어느새 머리숱 빠진

불혹의 대학강사, 살찐 시인, 청바지집 주인, 약간 부족한 현모양처, 나무랄 데 없는 노처녀가 되어버렸다.

　며칠 전 우리는 최종원고를 들고 다시 모였다. 밤 열한 시에 끝나는 학원 강사가 마지막으로 나타난 시각이 자정쯤. 원고를 확인하고 수정하는 마무리 작업이 끝나자 새벽 세 시쯤 되었다. 그리고 동인지에 실릴 사진을 찍었다. 누군가 사진이나 좀 잘 나왔으면 한다고 했다.

　문학에, 시에 무슨 정답이 있으랴. 그러나 문학이, 시가 왜 정답이 없으랴. 내 가슴에 촉촉이 젖어 있는 시, 두고두고 남아서 때없이 솟아오르는 절창들을 기억하거니와 그것이 주는 기쁨과 환희, 절망과 아픔에서 자유롭지 못함을 이제서 고백하는 비이디.
　요즘 들어 부쩍 힘겹고 쓸쓸해질 때가 많다. 가까이는, 나이가 들고 생활이 어려운 탓도 있겠지만 그 근본은 시 읽고 쓰는 일에 게을러지고 멀어지고, 일부러 도망치는 것 아닌가, 내 것 아닌 것을 너무 오래 사랑한 것 아닌가 하는 복잡한 심사에 있는 것이리라.

　그 참에 시집을 낸다. 그리고

우리는 처음 모였던 날의 마음으로 돌아가고자 한다.

벌써 봄이다.

2002년 3월

차례

11

【전용욱】

【조영여】

김민식

64년 남해 출생.

붉은 눈꽃

석양빛이 다닥다닥 지붕에 내리면
공염불 외는 어머니 푸념소리 깊고

공터에서 낙엽을 쫓던 아이들
달빛으로 골목골목 잠이 들고

고단한 꿈이 어둠을 허물어 울면
밤마다 모로 돌아눕던 아버지
소리없이 눈을 맞는데

주여,

저 멀리 십자가만
붉은 눈꽃으로 날립니다

용멀산

용멀산 모퉁이 돌아
아카시아향 자욱한 가파른 길
숨이 차 오르고
땅가시가 발목을 끌어안는 산마루에
누이가 울고 있었다
봉분 머리에
누이 닮은 땡그란 개망초꽃
화들짝 피운 채

외할머니

효자신발에 누런 가락지 빛나는 할매 둘
하늘 업은 걸음이 복받치는지
양지 바른 담뱃가게 앞에 쪼그리고 앉아
겹겹이 쌓인 언 마음 녹이다가
지팡이가 크고 무겁다고
송장이나 다름없다고
눈물을 훔치는데 닮았다

예배당 산길 넘어 꼬막딱지만한 집
정지간 문턱에 호젓이 햇볕 쫓던 할매
긴 그림자 먼저 내저으며 반기고는
술빵과 왕눈깔 사탕 내놓고
달고 맛나다고 어서 먹으라고
눈물을 훔치시던
꼬부랑 할매

홍들정 따귀바람으로 달려와 창문을 두드린다

낙지

손때 묻은 동산 뻘 밭에서
굽은 등 펼 겨를 없이
구녕구녕 들랑대는 손자 생각에
때죽걸음도 신이 났을 게다
용케, 때깔 고운 낙지 댓놈 움켜잡고
논두렁길도 힝하니 내달았을
기특하고 자랑스런 기쁨이
참기름 소금 장에 맛나게 노는데
징그럽다고 안 먹는다고 손자가 악다구 친다
보골 난 어머니의 목젖이 울린다
문디쌔끼
문디쌔끼

통뼈와 사는 여자

연애시절이 얼마나 화려했는지 쉼표를 찍지 못하는 그녀는 술 취하면 억센 사투리로 욕을 퍼붓는 통뼈와 산다 작은 통뼈 등교길, 공갈포 날리며 달라는 용돈에 핑계 탑을 쌓고, 통뼈 퇴근길, 오토바이 경적에 후닥닥 대문에다 널빤지를 깔고, 너스레웃음, 지아비를 마중하는 그녀는 북한산 아래, 슬레이트 지붕 아래, 두부아저씨 딸랑이 요란한 가장 깊숙한 골목, 잔디밭에서 화초를 손질하는 아저씨 뒷집에 산다

빨래하다가, 설거지하다가, 술병 뒹구는 부엌에서 혼자 울다가, 찬송가를 곧잘 부른다

잣나무

살쾡이 바람에
삭정이 마디마디 꺾어내며
하늘 향해
꼿꼿이 치세운 정수리까지
밤새 바쁜 수액질
뜬눈으로
잔 서리 내린 밑동 언저리
날 바람에 우는
여린 가시들 품고

까치밥

해질 무렵
까치의 날갯짓
눈도장 찍던 아이
땡깡쓰며 운다
멋적은 감나무
꼭지를 삥그르 딸랑
떨구는데

몬당집

골목이 끝나는 유자 밭 아래
대나무 숲과 사철나무에 안긴 몬당집*
유월에는 독하고 아린 냄새를 풍긴다
처마 곳곳에 마늘을 키재기로 매달고
까칠한 저녁상 물릴 틈 없이
시커멓게 그을린 노부부의 잠이 깊을수록
처마에 매단 독한 마늘 독에 취해
끙 끙 앓는다
한철 내내

*마을의 골목이 끝나는 가장 높은 곳에 위치한 집

산막골

저수지 얼음 위로 포도시 내려앉은 산동네
싸릿눈이 내리고
오목눈이가 덤불을 오르르 날고
소풍 간 산거지 셋 환호성에
메아리 이 산 저 산 북적대는데
마당 가득 산그늘이 아무 생각 없이 서릿발 세워도
한 마디 군소리 없는데

배꼽에 때 낀 놈

뙤약볕 하늘에 고추잠자리 어지러이 날고요
빡빡머리 폼나게 운동화 끈 볼강 쫄라 매고
양 골대에 추파를 날리는데요
배뿔때기 선생 용의검사 한대네
— 배꼽에 때 낀 놈 공부할 자격도 없다
배꼽에 고구마 매상용 상급도장 받고요
고추잠자리 따라 운동장 뱅뱅이 돌고요
맨드라미 앞에서 붉힌 얼굴
시도 때도 없이
뉴스거린 배꼽에 때 낀 놈 땜시
얼굴 붉힐 날이 많은데요

김병호

67년 서울 출생, 98년 〈작가세계〉로 등단.

오래된 미신

16일에 허리띠가 끊어지자 14일에 몸이 1미터 위로 떠올랐다 그렇게 걸어다녔다 어제는 다가올 사건 때문에 머리에 난 혹이 몸보고 혹이라며 굼시렁거렸다 그 알아들을 수 없는 잔소리로 편두통이 과거에 눌러앉았다 몸이 앓기 시작하자 혹은 허리띠 위로 걷는데 익숙해졌다며 좋아라했다 어제 오전이나 오후였나 싶다

감당하기 어려운 취기를 떨치려 술을 한 잔 더 했고 술이 취하기 시작하자 내가 땅에 발을 딛고 있었다 걷기가 어색해 전철 안에서 천 원짜리 허리띠를 하나 샀다 혀로 구두를 닦던 외판원은 내 떠다니는 걸음걸이 때문에 허리띠가 끊어질지도 모른다고 귀뜸하며 애프터서비스는 띠가 끊어지기 전에 받으라고 윽박질렀다 아침에 아내는 왜 자기 허리띠 둘을 감쪽같이 붙여 놨냐고 둥둥 떠다니며 말했고 10일에 통장에서 빠져나갈 도시가스비가 아직도 영수증은 오지 않고 장기 체납으로 인한 공급중단통보는 9일에 도착할 예정이라고 15일자 신문에 전면 광고가 있었다 오늘의 신문이 내일의 신문을 만들지만 어제의 신문이 어떻게 만들어지는지 책임지지 못합니다 환불은 항상 어제만 가능합니다, 라고 오토바이가 넘어지자 바람이 불었고 바닥에 샌 가솔린을 정제하여 만든 폐유가 잉크로 버

려져 지껄였다 오늘 오후에 느낄 내일은 어제 같기도
하고 오늘 같기도 하다고

강가 안개 동네

당신의 턱선을 닮은 산그림자와 한참을 얘기하다 바지 털며 일어서면 첫서리 같은 늦가을 입김이 닿는 곳 당신만큼의 풀들이 누워있습니다. 이 저녁도 혼자는 아니었군요, 하며 웃으며 돌아서며 괜히 미적거립니다.

앉은자리 축축이 풀물 배어 올라도 그렁한 눈으로 먼 산만 흔들며 서로 웃던 봄과 그 얼룩 그 색 그대로의 가을 사이, 내 책꽂이에서 살 불리던 거미줄도 알아채지 못했습니다.

큰비가 왔드랬습니다. 풀 위에 뽀얗던 당신의 엷은 분내가 걱정스러워 다시 찾았지만 더 맑아진 향기로 발목이 서늘했습니다. 무릎이 차가워지고 심장을 섬뜩한 한기로 감싸던 수면 아래서 당신과 걸었던 물길을 보았습니다. 그날, 처음으로 당신의 눈 깊이 헤엄쳤습니다.

등뒤에서 물 냄새 짙은 바람이 쫓아와 두어 발짝 앞에서 길을 막습니다. 항상 이렇게 돌아가는 길은 끝이 없습니다.

새벽길

　잘 취한 새벽, 나른함의 무게가 새벽노을보다 더 낮게 깔린 거리와 거리의 여자 둘, 길바닥에 생강 하나 뒹굴고, 덕분에 턱하니 땅이 생기는데 순간 더 내려갈 곳 없어, 떨어지는 일 하나 포기하니 불안이 하나 사라지고, 생강 그림자는 그래서 흐를까? 고일까?
　고개 떨구고 걷는 이가 있으니 하늘이 생기더군
　누구도 증발하지 않을 만큼 축축한 공기를 헤치다보면
　세탁소 지나 구멍 없이 바위의 안쪽만 갈아준다는 정미소를 만나고 그 안의 사다리를 오르다 보면 사랑하는 처녀의 자궁에 이른다는데 보리 수염 하나 흔들지 않고 가을 보리밭을 가로질러 사라진 여자, 그 연기를 사랑한 남자가 그림자 없이 세 철을 견디다 발바닥을 찔러·흥건히 고인 피로 그림자를 만들자 불쑥 해가 생겨났다지
　뭉텅뭉텅 어둠으로 수제비 끓여 견디다보면 불어터진 건더기에서 문득 아침이 태어나고 세상이 대충 모양을 갖추기 시작하자 골목은 점점 더 좁아져 몸도 틀지 못하는데
　멀리 소 어수런거리던 밤 지나
　긴 그림자 혼자 흐르는 이발소 앞 새벽길

불안한 연애

멀미 같은, 숙취의 현기증 같은 울렁거림으로 멀쩡
하게 걷다가 토하기도 하고 혼자 부산떠는 심장 탓에
번뜩 잠깨어 뒤척이다 종이짝만한 달빛에 가위눌리기
도 하고

미친 듯이 쿵쿵거리며 발자국이라도 찾아 떠돌고 찾
으면 뒷걸음질치고

술 마시지 말 것 눈감지 말 것 잠들지 말 것 정돈하
려 하지 말 것 중얼거리다가 어느새 꿈꾸고 꿈속에서
돌아눕고

비유해 보여줄 아무 것도 없다는 듯, 어김없이 육십
번을 멈칫거리는 초침은 매번 눈금과 어긋나 있었다
그땐

청량리

아침부터, 한 끼 점심을 위한 긴 줄
맨 끝
점심에 올지도 모르는 여자를 아침부터 기다리고
또 냉기 흥건한 밤까지 점심부터,
여자를 보내고 시멘트 거스름 일어난 벽을 손가락
으로 그으며
첫 번째 골목에서 벽을 따라 왼쪽으로
막다른 대문 위에도 빨간 줄을 긋고 돌아나와
두 번째 골목에서 왼쪽으로
이 미로 어디에도 터진 구멍이 없다면
언젠간 제자리로 돌아가 나는
짙은 회색의 거친 바탕칠 위에
하나의 빨간 폐곡선을 만들 것이고
그중 어느 순간 서로 通話라도 한 듯
내 신장도 염치도 돈도 사라지고 여자도 사라지고
여자가 돌아누울 때 나는
여자를 보내고 과속방지턱을 베고 눕는다
움직이지 않는 손과 물기 없는 혀를 포개고
추위 아닌 것에 떨어보려던
밤에도 그늘이 걷히지 않는 진창에서
그러나 악쓰며 지나던 화물열차만 추억한다

조흥은행 앞 삼거리

　67년 産 4층 건물 1층, 새로 간판 건 조흥은행 앞 삼거리, 좌로 휜 건널목 건너 골목시장 들어가는 검은 구멍 옆 삼로약국 큰 유리창 아래 좁은 인도로 내려가는 아니 높은 약국으로 올라가는 숨가쁜 턱 하나
　거기 걸터앉아 허공에 주먹질하며 비틀린 혀로 알아들을 수 없는 욕지기를 뱉는 성게머리 걸인 아, 자세히 보니 내 친구이고, 빈 소주병 옆
　엉성한 라디오에 일제 딱지 붙여 만원에 파는 앙칼진 짧은 치마, 아줌마, 살섞고 울며 헤어진 내 애인이고, 시장 통 족발 집 돌아 쪽방,
　나 태어난 곳이고 건널목 흰 칠 위 얼룩진 핏자국 내 지문이고
　엄마, 은행 건물 머릿돌에 기대 졸고 있고, 울컥 비틀기리는 회물지전기에 이민긴 삼촌 앉이
　거기가 바닥 같은 시장입구 어두운 문으로 들어서고, 등돌리고 사라지고
　멀리 떠난 내 딸 육교 위에서 국수 말고 있고 동전 야구장 그물 안에서 떠다니는 공도 없이 허공에 헛방망이질만 하는 사람, 형이고
　죽은 이모가 굽 높은 신에 실려 비틀거리고
　내 어깨살로 문대서 반질반질해진 나무 둘을 양품점

처녀의 다가올 남편이 잘 손질하니 관이 되어 트럭에
모로 실려 지나고, 내 몸, 무거워, 튼튼하게 못박은 나
무 바닥도 지탱하지 못할 만큼 무거워 트럭에서 굴러
떨어지고, 나
　처음 와본 이 변두리 거리에서 없었던 기억 하나 얼
어붙어 파리하게 떨고

미친년에 하례 차
길바닥에서의 신년 인사

안녕하신가?

그다지 내가 바라는 아무 것들

미친년과 술을 마시다 택시를 따라 다리를 걸어서
건넜고 내 책임의 아무 것들을 얘기하려 한 남자에게
바지를 내렸다 그냥 잊어버리자고 그는 나를 찔렀으
며 그게 어쨌다는 건지 우스웠다 바닥아 내 얼굴이 차
지 않니 기억은 없지만 가끔 망각은 전화하겠다고 전
화했다 한번은 그림이 내게 내 색이 자길 자극할 수도
있으니 날더러 시동 걸리지 않는 차에서 따뜻한 여름
을 맞으라 했기에 길 건너 폐차장에서 폐타이어들이
부화하기를 기다렸다 두 번은 뜨거운 촛농이 쏟아져
네 생은 네게 맡겨라 외쳤고 또 당했다 죽어도 죽고싶
지 않았다 아버지 내게 무겁던 화대를 양도하세요 아
니아니 혹 미친년이 가난의 치핵을 자꾸 건들면 버얼
겋게 흘러오르는 팔자 늘어진 해에게 청탁하세요 내
무의식은 항상 졸리고 희망봉을 돌고싶었어요 아 아
름다운 전원주택과 만화방의 퀴퀴한 바람개비여 그렇
게 멀리멀리 추위를 헤치고 죽음을, 희멀건 별들의 섬
을, 뿌리쳐도 떨어지지 않는 여인숙의 비누냄새와 향
커피 한번 먹지 못한 청춘이여 너는 무엇이 그리도 같
잖은가 점점 정신을 차려 가는 형제와 돈 없는 자매여

한번만 팔자 올 풀린 소매의 내복을 비릿한 유년의 연
금을 이민간 옛 사랑의 한 표로 당선된 대통령의 기자
회견 때 나는 차가운 창문을 열고 원고지에 자위했고
에이포로 닦다가 달린다 부디 숨막혀 아름다운 비행
을 하라 떨어지라 죽음이 둘을 갈라놓을 때까지 빨래
하라 고동쳐라 묵은 책의 욕정이여 세 번도 길 잃지
않는 형광등이여 빈 술잔과 깨진 두개골로 꺼진 테레
비에 조아렸다 점점 돌아오는 의식이여 시여 간지러
운 발바닥은 미친놈의 침을 밟고 이십사시 편의점의
접대부와 성냥 튀기러 돌아간다 다시 원시의 검은 수
풀로 내 새끼 대신 자궁으로 꿍짜라꿍짜라 오매불망
시궁창이여 먼 此岸이여 먼동트는 의식이여 파닥파닥
흩어지는 온기여 저주의 새 달력이여 불꽃으로 돌아
가는 각질이여 각각의 질이여 희미한 밤이여 위장하
는 위험이여 번질거리는 길바닥에 꾸물꾸물 증식하는
피여

　　정말로 안녕하신가?

배꽃 지는 길

가슴에 덜커 걸려
내려가지도 날아가지도 않는
폭설 얹은 배나무
네 마을이 그랬다
같이 걷던 그 길이 그랬다
배꽃 녹아내릴 무렵
내 마음 출렁이던 것 몰래 부어온 자리
네 가는 손으로 조용히 뜯어낸 거푸집
거칠게 굳어버린 한 조각 돌덩이,
그 길가 어느 모퉁이쯤 두고 온
한 시절의 비석

흙 속의 다음날

우리 사랑하지
소나기 두들기는 아침
눈곱 낀 눈을 바라보며,
한낮 사과장수의 갈라진 목청을 뒤에 두고도
우리 서로 살을 뜯지
가파른 곳에서 숨 가쁠 땐
차갑게 우리 사랑하지
머리카락 잡아 뽑으며 서로를 죽여서
언 강에 재로 날리고 돌아와
우리 뜨듯하게 감겨
밑 없이 내려가지
너는 무슨 색이니?
그 색으로 산을 그려
그 산허리에서
화들짝 놀라며 우리
처음 본 듯 사랑하지
사랑해서 더 긴 미로
사랑해서 수몰된 집
잘게 씹은 머리카락
눈물 없이 삼키지, 우리
천둥치는 아침

밤새 발효된 살점을 씹으며
피 고인 산 넘어
올라가지
사랑하지

후일담

　나는 걷고 회색은 하늘이 있던 자리에서 흔들리고
여자도 걸을 것이고 나는 다시, 뒤꿈치 위 살짝 굳은
살 박힌 여자의 발을 따라가다 밟힐 것이고 발바닥에
몰래 묻어 따라갈 것이고 발자국에라도 고여 청승이
라도 떨고

　나는 말하고 여자는 가방의 생리대만 만지작거리고
나는 말하고 싶고 여자는 자맥질하고, 덩달아 떠내려
가다 나뭇가지 부여잡은 곳 여자의 대문 앞
　스타킹 살짝 접힌 발끝을 바라보는 아침이면 지난밤
팬티는 변기에서 물 내려지고 바람은 문을 닫고 나는
억지로 잠들어 헤엄치고 따라가고
　나는 조각칼로 벽에 벽을 그리고 여자는 한 방울로
떨어져 여러 방울로 튀고 나는 토하고 시는 원래 변태
였고 여자는 달력에서 번지고 나는 쓰고

　나는 걷고 여자도 걸을 것이고 나는 여자와 걷고 여
자는 걷지 않을 것이고 나는 발자국 없이 걸어갈 것이
고 여자는 혼자 걸을 것이고

방영미

70년 서울 생, 일하면서 공부하는 생활인.

겨울 배나무

뿌리를 剋하지 못해
삼지창 같은 가지
하늘로만 하늘로만

  하늘에도 길은 없어
  뿌리를 剋해야
  어머니를 剋하라

흙은 모질게도 부드러워
가지는 쇠창살처럼
틈 없이 단단해지는데

  흙은 땅이 아니야
  땅을 殺해야
  배꽃을 殺하라

배꽃이피기전에배꽃이피기전에
상처가아물어아름다워지기전에

질서

　　　　　　　@　　@ @
@ @ @ @ @ @ @ @ @ @ #　　　@
@　　　　　@　@ @　@
열 윗 놈들 거슬려!

@ @ @ @ @ @ @ @ @ @ #　　　@
네 번째 놈 튀잖아?

@ @ @ @ @ @ @ @ @ #　　　@
다른 새끼 하나 있군?

@ @ @ @ @ @ @ @ @ @　　　@
쳐진 놈은 놔둬, 알아서 기게 돼 있어.

@ @ @ @ @ @ @ @ @ @
이제야 좀 사람 살 만 하군!

○ ○ ○ ○ ○ ○ ○ ○ ○ ○ ○ ○ ○
큭큭, 사람들이…우리더러…큭, 사람이래…

오월의 자화상

여의도 광장을 걸어가다
갈수록 소심해지는 내게 한낮의 햇빛은 받아내기 무
겁다
햇살이 어깨에 쌓이는 대로 손바닥을 펴서 쓸어낸다

광장 끝 벤치에 앉아 시 읽다
상심해선 안 된다 그러면 반성할 수 없다
내 까만 운동화에 솜털 같은 홀씨가 다닥다닥 앉아
있다
거기선 꽃을 피울 수 없는데…
홀씨들 고개를 까닥대며 알아알아 한다

한강시민공원으로 내려가다
비둘기 한 마리가 두 여자의 관심거리가 되어 있다
유난히 털이 거칠고 몸색이 검은 비둘기더러
까마귀같이 생겨서 속상하겠다고,
까마귀가 비둘기만 못하다는 것인지

강물이 보이는 계단에 앉아 소설 읽다
두려운 건 희망이 아니라 희망의 빛깔이다
태양은 내 왼편에서 지려 한다

이젠 쳐다봐도 좋을 만큼 순해졌다
그에게도 과오는 있는지 모르겠다

계간지를 덮고 자리에서 일어나다
화두둑 비둘기떼가 장작 타는 소리를 내며 날아오른다
아! 이런…, 새는 날 때가 가장 아름다운 것을
새는 날아야 한다
이 낯익은 사실 앞에서 한참을 서 있다

다시 여의도 광장을 걸어가다
바람이 순결하다 바람에 발목을 씻고
화살처럼 튕겨져 날아가 나를 흩뿌리고 싶다
태양은 이미 붉게 터져 하늘에 섞였다

희망은 가시처럼
목구멍에 걸리는데

겨울날 오후
시간에도 절정은 있다, 며
햇발은 길게 뽑아 걸어 놓은
국수가락이 되어
흔들린다 자꾸 흔들린다
저렇게 예뻐도 되는구나
나도 햇발 사이에 걸려
흔들리고 싶어진다

─당신들은 이제 제복처럼
  순진해지는 일만 남았다죠
  어디에 걸어 놓아도 제격인

식욕으로 불거진 손마디를 놀리며
국수가락을 칭칭 감아
아귀아귀 먹는다 햇발인양
투명한 국수가락에 눈이 시다

춘곤증

졸려 졸려서
머리가 무거워 무거워서
땅으로 처박혀지고
마냥 가벼워진 몸통이 원을 그리며
거꾸로 선 몸에선
잭크를 행운아로 만든 콩나무처럼 쑥쑥 자란
가지가 마침내 하늘을 뚫고
쏟아지는 햇살의 아찔함
아아 — 그래서 봄

한때 따뜻했던 기억들이
공동묘지의 묘비처럼 줄줄이 서 있는
머리통에서 뿌리가 돋고
하늘을 향한 손가락 사이사이로
함빡함빡 꽃은 피는데
이름 없이도 꽃은 꽃이라
누군가의 가슴에도 묘비 하나
번듯이 세우지 못한 게
아쉽고 다시 아쉬워서
사르르 무너지며 졸음
쏟아 붓는 아 봄 그래도

여자는 진부령에 남아

자주색 우산을 돌리며
왼 발과 오른 발을 번갈아 보며
버스가 떠나길 기다린다

여자는 참 착한 방으로 돌아가리라
착한 것은 착한 것을 아프게 하는데
컴퓨터 앞에 키 낮아진 양초가
장롱 옆에 세워진 침대 매트가
우뚝 자리한 비디오와 TV가
퓨전재즈라며 벽에 끈끈이처럼 달라붙어
흐르지 않는 피아노 소리가
전기밥솥에다 물을 끓여 커피를 타던
그 여자의 손목이
…… 그랬다

여자가 뒤를 돌아 걷는다
자주색 우산은 여전히
왼쪽으로 두 번
오른쪽으로 두 번
회전 중이다

가는 길 오는 비

비가 오고 하늘은
푸른 빛 어두워진 녹슨 칼
품고 흠뻑 팽팽해진 긴장감을
제 속으로 제 속으로

가는 길 오는 비 위안 삼아
달게 잘 수 있다면 어쩌면,

하늘은 칼을 떨어뜨릴지도
빗소리는 위장이야
칼 떨어지는 소리를 들어야…

비가 오고
검은 구름 젖은 산 덮어
경계 없앤 하늘 아래
나는 가고
비는 오는데

퇴근길 풍경

합정역 근처 서점에 들른다 세로로 서 있는 책은 가
로로 누워 있는 책보다 언제 봐도 아름답고 점원은 무
척 친절하다 삼천 원 하는 시집을 다섯 권 고른다 그
들의 오류에서 내 오류를 용서하고 싶다

전철역 입구 가판대에서 세 개 이천 원 하는 옥수수
를 산다 옥수수만큼 담백하게 식욕을 다스려주는 음
식이 있을까 해마다 엄마와 옥수수를 탐식하는 일로
여름을 수월하게 보낸다

을지로 3가 하늘색 타일 통로 잘못 누른 비상벨이
낯설게 울리고 사람들은 결연하게들 움직인다 도시인
의 발걸음은 술집을 향할 때도 굽이굽이 비장하다 열
여섯이 되면서부터 떠나자 했던 이 도시 서울을 이제
는 땅 밑까지 헤집고 다닌다

집에 오르는 언덕길 젊은 엄마가 서너 살 됨직한 아
들에게 그러면 안 착한 아이야 그런다 착하다의 반대
는 안 착하다라고 나쁘다 못됐다를 없앤 과감한 문법
에 잠시 숙연해진다

우리 집이 보이는 골목 입구 노란 등 세 개가 한눈
에 들어온다 모처럼 내가 우리 집 현관문을 따고 들어
가 창을 열 수 있다 불빛으로 동네는 아늑하고 하늘은
제 스스로 어두워지려 한다

프리셀하는 그녀

그녀는 밤마다 프리셀을 한다

1에서 32000까지 게임 번호를 선택하십시오
1889번 확인 ⏎

석 달만에 그녀는
일천팔백여든여덟 개의 프리셀을 깼다
일천팔백여든아홉 번째 프리셀을 하는 중

프리셀의 규칙은 간단하다만
長幼有序 ↓ 예외 없는 내림차순
陰陽宮合 ♂우 흑과 적만이 접합
安分知足 ∞ 빈 자릿수 우선 확인

규칙에 예외란 없다만
실행취소 한 번의 기회와 순간 실수 재깍 용서
시간을 재촉하지 않는 느긋함과 기록 입력 불가능
체제
막판까지 몰리면 다시 도전할 수 있는 무궁한 재도
전 가능
프리셀의 규칙은 인류사적 도전이다

아, 그녀는 이제 막
일천팔백여든아홉 번째 프리셀을 깼다
그러나 걱정 마시압! 아직도
이만일백열한 개의 새로운 프리셀이 대기 중
한결같은 자세로
이만일백열한 번의 기회가 차렷 정렬 중

비오는날이면

조그맣고네모난사과상자에곱게개켜져잠들고싶어친
숙했던시간들이먼저내옆에차례로누우면미처몰라상
처냈던시간들도비비고들어와눕고빗줄기떨어지는소
리따뜻하겠지그옛날꿈에서두손으로받쳐들고다녔던
풍선만큼커다란새빨간사과를두팔로안고사과향가득
푸른조그맣고네모난상자안에서달게달게잠들고싶어

양선

68년 춘천 출생.

바람 소리

어디 외딴 어촌에서
하룻밤 묵으며
짜고 매운 갈치국을 먹는다
어긋난 문틈으로 들이치는 바람에
전구가 흔들릴 때
밥상으로 쏟아지는 머리카락
자르고 올걸 그랬어
긴 머리 추스르면 정작 너풀대는 건
외풍 센 벽에 기대 듣는 소리 모두가
발자국
기다림은 먼 데까지
함께 와 눕는다

나 이렇게 이쁜데

논 지나 옥수수 여무는 밭도 한참 지나
자갈 거친 양지에 혼자 사네
철없는 짐승이 찾아오지도 않고
구름이나 보면서 별이나 보면서
계절을 세고 세어 봐도
혼자 산 기억만 오래라네
머리맡 어지럽게 무성한 잡풀 사이로
이제 길도 없이 후미진 터
나 이렇게 이쁜데
찾아오는 사람 하나 없네

머리 속의 그림

아리엘[1]을 읽으면 어떤 사람이 떠오른다
마르고 그을린 사내
수년간 버린 적 없는 근심으로 눈이 좀 나온 여인
사내는 몸을 따라 함께 수척해지지 않는 옷을 입었기에
소매와 바지통이 너무 넓다
빗지도 않은 머리에서 모자를 끌어내려
두 손으로 만지작거린다
겁먹은 두 눈엔 이제 물기가 없다
여인은 좀 더 강하다
남은 가족을 위해 빵을 굽고 나왔을 것이기에
앞치마를 걸치고
손엔 한 송이 국화가 준비돼 있다
(너무 비싼 그 국화꽃 말이다)[2]
여인은 아직 울 수 있다
그러나 목은 쉬었다
그들은 너무 많은 탄원서를 냈고
여러 관청을 다녔으며
자신의 가족만이 아니라
다른 사람을 위해서도 근심을 했다
이제 그들에게 적개심이나 증오심은 보이지 않는다
다만 갑자기 찬물 세례를 받은 사람처럼

당황하고 근심할 뿐이다
그리고 오랜 기다림과 고통을 겪은 사람답게
담담하고 흔들리지 않는다

나는 왜 이런 사람을 그리지 않는가?

신라 가는 길

길이 이어졌다고 끝이 아닐까
더는 갈 데 없는 사람들끼리 등 기댄다
기대고 앉아 나 옛날에
이런 얘기 드문드문 한다
말 끊어진 자리
더 많은 얘기한다
주억거린다
우리 아무도 상처받은 적 없다

밤열차

차창 가까이 내 얼굴이
그 너머 어둠으론 불빛이
두고 온 기찻길처럼
따라오지 않는 마음이여
배 맞았다고 마음 맞을까
품을 줄만 알았지 거둘 줄 모르는
사내 잠든 등을 쓸어보고
떠나온 포구

대포항의 긴 새벽

당신을 내 품에 안고
잠재운다

바다 위로 떨어지는 눈발
머뭇거림 없이 온몸으로 잠겨드는데
바람은 거세지도 조용하지도 않다

바다로 가지 않은 배 몇 척
즈들끼리 어깨를 부딪는다
상처 난 몸끼리 부벼서야 위안이 될까

육신의 흰 굴곡이 안고 있는 건
슬픔일 뿐
당신에게서 돌아눕는다
모로 눕는 것은 외로운 일이다

눈발이 바다로 녹아들어
파도는 조금씩 거세지고
세상에서 가장 지친 당신은
오징어배 돌아오도록 깨어나지 않는다

한결같은 것은 아무 것도 없는 달
— 북미 인디언 아라파호는 3월을 그렇게 불렀다

예감이 예감으로 끝나길 얼마나
바라던가
그러고도 사실인 걸 확인한 후에야
남은 상처마저 뒤집어쓰는
남루함이여
우 우
위안되지 않는 마음의 경사
그 비탈에 싹 틔우느라
오늘 눈 내리네

빈집

사람이 살지 않는 집은
비만 한 번 내려도
뭐 아쉬울 것 있냐는 듯
내려앉는다
한 때 아이가 태어난 적 있는
노인이 숨 거둔 적 있는
둔덕 밑의 집은
바람만 슬쩍 불어도
허물어져 간다
어디로 갔을까 등 넓은 사람
햇살 비추는 마루 끝에서
머리 빗던 어린 너
놀 받고 밥 냄새나던 굴뚝도
세월이 갈수록 기울고 있으니
이제 아무도 살지 않는 집은
한꺼번에 무너져도 될 걸
천천히 몸 뉘인다

은행나무

수녀원 뜰의 나무는
봄이 되자 순한 가지
담장 밖으로 내놓았다
가지치기를 해도 이내
밖으로 향하는 나무의 눈
세상이 감춰둔 비밀보다 아름답다
나무 키 작을 적
사람들이 담장 안을 기웃거리듯
높은 가지 부추 세워
번잡한 시정을 그리워했으니
철문은 수녀복 만큼 닫혀 있다지만
작은 바람에도
흔들릴 줄 아는 가지

내 영혼은 어둡다

어둠은 기억조차 한 꺼풀 옷을 입힌다
그 속에서 나는 당신과 구분되지 않는다
어둔 곳에서 있었던 일 중 생생할 수 있는 건
혼몽 뿐

바람막이 되지 못하는 담벼락에 기대
입맞춤한 건 어둠이 꾸었던 꿈
그때 당신이 운 것을 나는
기억 못한다
내가 유행가처럼 이별을 예감한 것도
어둠은 돌보지 않았다
아무 데나 던져 버리고 싶던 헤픈 정조는
어둠이 분리수거한 비 맞은 조각보
어둠은 모든 것에
적당한 만큼의 망각을 덮어놓는다

이민호

63년 음성 출생, 94년 문화일보 신춘문예로 등단.

치자꽃 연사(戀詞)

보름맞이 구민경로잔치 플래카드는 내려지고
동네 유명가수 목쉰 확성기 소리
장고 북 날나리 꽹과리 어깨 춤사위 뽀얀 발구름 먼지도
아쉬움 끝 술추렴만 남기고 돌아가는
5월의 사직공원

그래도
목숨은 한 때 부나비
할미꽃도 꽃

밤꽃 내음 생목 오르는 그늘 아래로 숨어드는
두 노년

제법 오랜만에
긴 입맞춤이었다는 걸

어설피 나와 섰던
멀리 별빛과
청설모와
산비둘기의 느린 저녁이

치정(癡情)에 물들지 않을 것 같은 황혼이
인왕산 산정에서 머뭇거릴 때였다.

안티프라민

평생 부정의 편에 서서 살지 못했던 늙은 어머니가
부러진 손목을 안고 아니라고 손 저을 수도 없이 되
어버렸다.
아들도 딸도 그녀의 남편도 입원실을 번갈아 밤샘
지키며
다 삭은 몸 던져 기어코 모두의 인생에 안티를 걸고
넘어졌다고
세게 몰아친다.
평생 부딪쳐 아픈 그녀에게 고작.

지금은 정전(停電) 중

한마디 말하고 한 천 년은 입 다물어야 하는 병을
나는 앓고 있다.

돌아가지 않으면 안 되는가
그 누구에게도
무장 무연 속하지 않고
아직 모내지 않은 저 춘궁(春窮)의 들녘
한 복판에 서서
새파랗게 떨고 있으면 안 되는가
미친 바람이 되어서는

언제였던가. 길을 막고 섰던 그리움.
언제였던가. 말없이 길을 낸 사랑.

지금은 그 무엇도 섬길 것 없어
가슴에 큰 바윗덩이 하나 얹어 눌러 놓고

친구

책장을 덮는 순간
밤벌레가 압사(壓死)

화석으로 뉘여진 몸
부스러기

후, 바람이 쓸고 간 것이다

허물 벗고 이 세상 온갖 나비 중
그 하나는 되어서

아직도 가끔은
파헤쳐지는 나의 고고학(考古學)

벽화

을지로 입구 지하광장
희망이 떠난 거푸집을 건드리며
찾아온 것은 서늘한 빈속의 아침
동굴을 걸어 나온 베이징 원인(猿人)은
건들거리다 햇살이 모이는 곳이면 거기 쭈그려 앉아
눅눅한 얼굴 한 쪽으로 거칠지만 표정을 섞어 본다
그러다가 거리의 눈길이 더없이 사나와지면
웬만큼 허기진 점심나절
파고다공원 담장 밑으로 간다
늘 어슬렁거리다 만나는 우연이 흐뭇해
아직 따뜻한 비둘기의 주검을 주워 들고
낙원동 골목으로 꾸불꾸불 사라지는 날이면
벽화의 밑그림은 어둑어둑 하루가 저문다
저물어 어디론가 돌아가는 습성이 만들어낸 것은
기울어진 뒷모습
보퉁이를 끌러 가짓수를 헤아려보고
구겨진 신문을 하루의 노곤함과 겹쳐 깔고
비껴 누우면
삼백만 년 후에나 그 흔적을 찾아볼까
켜켜이 쌓인 먼지 위
서글픈 잔해

시작법(詩作法)

발목뼈 마디께 털이 부숭한 어미 닭이
저를 닮은 새끼 여남은 구구 몰며
쓸쓸한 토담 개구녁으로 서둘러 들어갔습니다.
기가 찬 누렁개가 쩍 입 벌려
한 여름 하품하는 날이었습니다.

타닥타닥
앗, 뜨거워!
바짝 달구어진 옥수수 잎맥을 따라
콩볶듯 갈 곳 몰라
굵은 빗방울
검붉은 옥수수수염 속으로 스며들다
숫송아지 잔등을 타고
잔뜩 먹물 먹은 붓 끝
잠지끝에 매달리다
이내 활짝 갠 하늘

흔적 없는 기억은 적막하고
아슴한 풍경 언저리를 토닥이다 사라지는 것들
싸한 흙내음만 뭉게뭉게 일어서는 것이었다.

나의 뜨락

처마 끝 아침 거미가 빛나는 이슬방울을 물고 내려왔다.
냉골 찬 구들장 찢어진 장판 틈새
몸이 말간 어린 귀뚜라미 한 마리가 튀어 올랐다.
코끝이 찐하다.

새끼들의 붉은 입이 가득한 제비집

이제와
다 자라 떠도는 것들은 바람마저도 흉흉한데

문상(問喪)

악을 쓰며 울기도 하다가
눈물 콧물이 울대에 걸려 꺼이꺼이 숨넘어가는 소리
를 하다가
잠잠하다 싶으면
하이힐을 짝짝 끌며 소피보러 갔는가 싶으면
다시 영정 앞에 아예 드러누워 이름 부르며 이름을
부르며
이름을 부르다가 아예 혼절하고 말았던
그 집 젊디젊은 여자

아침 햇살에
하나 둘 풀먼지를 털고 일어서는 문상꾼들 틈새로
빼꼼이 하얀 소복에 올려져
지친 잎음새로
눈물 마른 눈빛으로
언뜻 빈 웃음 지을 때

주검 앞에
벼락 맞아 귀신 붙을 생각

걸레처럼

아침나절. 탁발승이 두드리고 간 목탁소리
여음(餘音), 길을 따라와
그린토피아 세탁소 아저씨가 법어를 남긴다
세에탁, 세에탁

오늘도 세상 온갖 불결과 어울려 그 영혼 때 자국
묻혀 오리니

나를 비틀어 꼬옥 짜면
떨어지는 건
술과 눈물뿐이겠지

그대라는 사람과 사람들을 만나
연거푸 소주잔을 들이켜며
그 가슴에 매달린 얼룩들을
싹싹 훔치며
나는 젖는다

뱀에게

잊었던 사족의 기억을 더듬어 일어나라
제 몸을 밀어가면 언젠간
경계 무너진 바다에 닿아 훌훌 풀리는 강물처럼
흐르지도 못하는 몸
바둥댄들 긁힌 전면만 아플 뿐
돌아누울 수도 없는 명치 끝
절정을 알기에
이미 넘칠대로 넘치고 부풀대로 부푼
허허로움이기에
더 이상 갈지자 사행할 수 없음이여
용두사미 모든 건 사사롭게 사족
부풀릴 생활의 용적도 담 타 넘을 미래도
겨우 후미진 꼬리쯤 흔들겠지
그래도 잃고 살 수 있으면 기어라 못된 것
그러나 징그럽게 똬리 튼 과거의 대가리도
혼절하며 때론 불끈 밀고 온 의지도
명백한 회피
아니면 독기 서린 허약일 뿐
너의 적은 언제나 뒤통수를 후려쳤다
돌아서서 한 움큼 이 악물고 일어서라 뱀!

落胎

노비 만적

붉은 해

그 여자

첫사랑

家長

衝突

꽃길

아침꽃 저녁에 울다

엘리자베스 테일러 아니 충청도 아줌마

임동준

65년 고창 출생, 학원 운영.

65년 고창 출생, 학원 운영.

落胎

밤강물 가장 깊은 곳에는
완강한 돌팔매질로 묻어버린 조약돌이 있으리
세상의 수많은 사랑 중에
당신이 만들었던 불꽃이
차갑고, 매정한 도리질이었냐고
나를 잊었냐고
작고 동글동글한 조약돌이
처연한 울음소리
홰를 치고 서서

노비 만적

옛날에
어디로 가면
한 집에
수염 달린 호랑이와
고삐 달린 소 살았는데
세월, 가도가도
호랑이는 호랑이만 되고
소는 소만 되니
소 서러워
한바탕 울고 나면
뿔이 나더랍니다
뿔이 자라나더랍니다

붉은 해

붉은 해 넘어 간다
저 산 너머로 붉은 해 넘어가면
동기간 없는 할머니의 갈갈한 가래와
녹슨 관절에서 들리는 쓸쓸한 대금 산조
그 소리 따라가다 보면
먼, 먼 옛날 초승달 아래
감나무에는 까치를 기다리는 여자가 있었다
그 여자 이제 눈발처럼 희끗거리며
붉은 해 속으로 걸어간다

그 여자

그 사람 왔을까
역전에 은행나무
노랗게 물들었는데

해질녘

굳게 다물고 돌아앉은 그 여자의 뒤에는
은행잎이 뚝뚝
떨어지고요

첫사랑

내 마음을 접었다 폈다하면서
푸른 바다로 띄워 보내는
하이얀 이를 가진 계집애가 있었다
어느날 소년은 바다에 떠있는
돛단배를 장대까지 그렸다
천천히 쉬지 않고 끝까지
그 배
아직도 일몰의 바다에 둥둥 떠 있다
소나무 숨죽이고 서있던
그 바닷가에

家長

세상과 벽 사이에서
왜소해진 남자가
쩡쩡 얼어버린 유리 조각 위에서
직립으로 버티며 사진을 찍는다
아내와 자식을 데리고
호수 밑에는 아직도 물고기가 살고
따뜻한 물이 있겠지

衝突

책이 눈 속으로 들어가 입으로 나와
광화문으로 걸어가다
미아리 텍사스촌에서 사정한다
방안에는 삼성전자, 엘지전자, 대우전자보다
더 좋은 신형들이
구형들과 교환을 원하고 있을 때
뉴욕에서 날아온 폭탄은
아프간, 카불에서 폭발한다
다시
머리털이 빠지고 살점들이 팅팅 불어난다
책이 다시 눈 속으로 들어가 입으로 나와
광화문으로 걸어가다
다시 침으로 뛰어나온다

꽃길

상 위에 백지를 깔고 육미와 편 등을
얹어 놓았다
연꽃 길
고깔을 쓰고 장삼을 입은 무녀가
끊어진 열두 줄 가야금에서
나그네의 애달픈 피리 소리가 난다한다

버선코에서 흐르는 살풀이 저편에
새끼 돼지 남매가
굿상에 올려진
제 어미를 찾으며 울고 있다

아침꽃 저녁에 울다

등자에 가면 아직도 씩씩한 그녀가 있을까?
개나리처럼 활짝 핀 한 송이
한 시간 지나 두 시간…
오래 전부터 그녀는 기차를 기다리고 있지만
기차가 와도 기차를 타지 않는다네
해는 저물어
녹슨 이정표만 바람과 함께 꺼이꺼이 울어낼 때
지친 어깨는 쓸쓸히 자취를 감추었다가
아침이 오면
종종걸음과 볼그레한 얼굴로
커피를 배달하고 사내들과 가벼운 농을 주고받으며
꼭 올 것만 같은 그 기차를 기다리고 있다네

엘리자베스 테일러
아니 충청도 아줌마

남편의 추리닝 바지 입고
라면에 밥 말아먹는 딸딸이 아줌마 본 일이 있는가
그 여자 고고하고 아름답던 시절에
재즈를 알고, 고갱을 이해하며, 로버트 드니로를 좋
아하는
천안 엘리자베스 테일러였다는 과거를
믿는 사람 별로 없지만 그것은 사실이었다
뭇 남성 아니, 판검사들이 연모의 화살을 쏘았지만
그녀의 가슴을 관통시킨 사람은
평범한 샐러리맨이었다

나는 삶이 외롭고 고통스러울 때
그녀의 집에 찾아가 커피를 마시며 투정을 한다
누나 커피 타는 솜씨가 허리 인치만큼이나
둔해졌다는 사실 알아, 24인치일 때 커피 맛은
정말 최고였어

그 시절은 고양이 눈빛으로 살아난다
하지만 나는 지금이 좋아, 잘 보인다는 것, 아름다워
보인다는 것
외로운 일이고 피곤한 일이야…

오늘은 소주와 삼겹살에 즐거워 보자며
뒤뚱뒤뚱 건강하게 한 여인이 웃는다

전용욱

65년 대구 출생.

중풍 든 여자

그것도 가늘은 봄바람인데
반편의 몸에 꿈틀대던 묵은 세월들이
뿌연 시야 막으며 한가지로 쓰러지니

내 오래 못 갈 것 같다

꽃향기 묻은 콧물 무명손수건에 말아 쥐고
맨살에 몸부림 도드라진 등창 지고
아지랑이 되어 일어섰다
첫걸음에 쏟아지는 따순 봄볕 속
간다
무너지며
무너지며

만화방

내일부턴
꽃샘추위가 찾아오겠습니다
만화방 낡은 라디오 소리
아줌마는 늦은 점심을 때우고
철사줄 꼬인 연탄난로 뚜껑에
형들은 낱담배를 털었다

침 묻은 손가락 사이에서
한참을 파랗게 가늘던 연기가
책갈피 넘어가는 세상 따라
한 모금 뿜어져 뭉게뭉게 부서질 때
양철연통 빠져나간 창문 틈엔
더러 햇살도 스며들어
먼지만 자욱이 들쑤셨다

새 연탄을 갈아넣는 아줌마
실눈 환하게 맞춰진다
남은 건 매캐한 기침뿐
너희들은 기침하지 마라
얼굴에 돋은 버짐 같은
소금이나 한 줌 뿌렸다

학교를 땡땡이친 형들이
학교에서 돌아올 친구들을 기다리다
외상장부에 이름 적고 사라지면
이내 저녁이 오고
졸음도 와서
포물선 그리는 아줌마 머리처럼
한 세상 햇살도 기울어 갔다

더 기다릴 손님도 없는 날
시끄럽게 닫는 붙박이문
며칠 지내면 봄일 텐데
문틀은 언제 고치나
그래 꽃샘바람만 지나가면
연통도 난로도 걷어치우고
문틀도 손을 좀 보리라

바위 같은

햇살 비치고
산기슭이에요
모든 그늘이 바람에 떨 때
흔들리지 않는 건 당신뿐였어요

겨울이 오고
산기슭이에요
숨 있는 것들 다 집으로 돌아가도
떠나지 않는 건 당신뿐였어요

가끔, 지친 사람 한 둘
쉬었다 가고
가랑잎 머물렀다 다시 구르고
눈 비 섞어치더니
다시

햇살 비치고
산기슭이에요
모든 생명들이 자랄 때
당신만이
아주 조금씩
낮아지고 있었죠

고무신

뙤약볕 매미소리 어지러운 여름날
봇둑길 질러
멀쩡한 "수영금지" 푯말 오른쪽
한 쪼가리 삐져나온 물굽 낮은 못 귀퉁이
빨가벗은 조무래기들
숨안쉬고건너기빨빨리건너기
그 못물은 아무리 먹어도 배고파
쥐발개발 뒷산 기어
까까중복숭 이만큼한 주먹자두
배 터지게 먹어도 성이 안 차
웃옷 벗어 한 짐
한 사람 두 사람 가고
간 큰 척 하는 놈도 숨은 꼴깍꼴깍
에라 가자 망 본 녀석 손짓에 봇둑길 들어서선
꼬랑지 길쑴 늘이는 저 놀만 지면 된다 싶은데
맞은 편, 달구지 몰고 오는 영감도 알건 다 안다
"이 이놈에 새끼들"
봇둑아래 논으로 튄다 뛴다

미안하다 모들아 모심기한 영감아
앞선 놈 머리통 없어지다 나타나

내 아래턱 강타해도 도망질은 바쁜데
고무신 한 짝이 사라졌다
한 쪽은 맨발로 질질 돌아온 해거름
육이오적 라디오 여태 듣는 아버지는
이북사람 지독타고 소문낸 구두쇠
"뭐이가" 한 마디에
차마 서리하다 그랬단 말 못하고
"못에서 놀다가예…"
"내일 찾으러 가자우"
거짓말 싫어하는 까랑까랑한 성질
잠온다 잠온다 잠이안온다
밤새 고무신 앓다 날이 샜다

모두들 제비처럼 날쌘 방학 날
고무신 생각에 죽을 맛인 하교 길
대문 밖에서 기다리던 자전거에 실려
어느새 못 귀퉁이
"여기네?", "어언지예"
"여기네?", "어언지예"
"아 글면 어디네"
"…"

못 주위 슬슬 돌다가
"먹으라우" 내 손에 불쑥 쥐어준
땡감처럼 떫은 눈깔사탕
이 사탕만 다 먹으면 차라리 바른 말 해야지
사탕 두 개 사탕 세 개
못 두 바퀴 세 바퀴
우리는 계속 헛돌기만 한다
큰 숨 먹고 용기 냈다 "아부지 사실은예… 저… 저…"
"사탕 고만 물랍니더"
햇살은 산허리를 누이는데
땡기던 오금줄 쫙 펴는
"됐다우 가자우" 아버지 말씀
나밖에 못 알아먹는 평안도 첩첩산골 사투리

마른 허리 꼭 붙들고
짐자전거 삐걱이며 돌아오던 봇둑길
고무신 박혀있는 논 지날 적
못된 개구리소리 가슴 뜨끔뜨끔해도
축축한 등어리 살가운 내음 위로
듬성듬성한 아버지 뒤통수
훤히 비추던

노을빛은 좋았다
노을빛이 선하다
노을빛 그립다

말복

큰 더위는 갔다고 했다 그늘진 마당에 앉아 어머니
는 누나의 손가락 매만지며 고향얘기 눈동자 가득 백
태가 번졌다던 외할머니 얘기를 하고…

나는 우리집 여자들 얘기소리보다 골목 저편 소독차
소리가 더 좋았다 뿜어대는 소독약 속에서 아이들과
함께 악을 쓰다 문득 눈 뜨면
외할머니 보던 세상이 이랬을까

큰 더위는 갔다고 어머니 말씀하시던 날
뽀얀 소독약 연기 따라 아이들 소리 훨훨 흩어지고
백반 칭칭 손톱 감은 누나가
하룻밤 자고 나면
정말 여름이 갔다

심심한 날

흙바닥에 앉아
가랑이 벌리고 호작질 하자
동그라미에 김 오르는 해를 그린다
흙 다져 도톰한 밥 만든다
담벼락에 등 기대면 어지럽니

대답 없이 바람이 지나간 자리
집을 그리자
아무도 없는.
더디게 저물던 어린 날

식은 고구마

하냥없는 눈발 띄워 공굴렸다 두루 꿰며가는 날선 칼바람
무디게 재우는 불빛 누추한 골목
코가 시릴라 인중 짧아 치들린 윗입술에 누런 콧물 들날쑴 말리는
아이야 무슨 시름을 알까마는
세상이 아파 눈매 축축한가 초롬한 눈매땜에 세상 물기묻어 쑤시는가
들쳐업은 아이 위아래 옆구리로 두어 번씩 얼러쌓는 에미는
괄게 입김 콧김 내뿜으며 누구를 기다리나
아직도 그 화상을 사랑하나 지금이라도
인적 드문 골목이라 덧니끼리 맛붙어 긴긴 입맞춤 하고픈데
오늘도 안 오면 국물도 없다 국물이 없으니 목이 메이지
업힌 채 등을 밀치던 아이
식은 고구마에 찍힌 지에미 이빨자국 보고
자꾸 울었다

모습

주름마다 땡볕 앉았습니다 강아지풀 도라지꽃 멀리
등굽은 소나무 모두
흰머리칼 세우며 바람이 끼어 들고 어디선가 당신의
지난날들 달려옵니다
웃으세요
내 머리맡 영원히 환하도록

강

기억이 흐른다
한철 몸을 앓던 이파리 지고
바람 무등 타는 빈 가지
산 그림자 위로
강은 누웠다 물결이
또 한 산을 이루며 흐를 적마다
따라가며 봉우리를 엮던, 그러나
끝내 굽이치지 못한 꿈

밤이면 달빛을 끌어안았다
배고픈 내 누이가 머리를 감고
새파랗게 돌아섰을 때
달빛,
저 강빛

望鄉祭 하루

구멍가게
셈이 더딘 주인장의 침침한 시력 너머
은행잎 주섬주섬 떨어지는 평상에 앉아
낮술을 한다, 우리는
잠시 인사했던가
저 편 은행나무, 때로 은행나무 저 편으로
오랫동안 서로의 눈길을 마주치지 않을 때
추수를 끝낸 들녘에는
취기 오른 산들이 먼저 쓰러진다
당신과 나, 그리고
안경을 들어올린 주인의 눈가에도
이제 막 단풍이 번지는데
낮술을 한다,
이 깊은 하늘 아래
침묵하면서

조영여

71년 담양 출생.

섬 돌아 둑길

기억해요?
미친년 보라빛 치마, 그 눈빛
당신이 날 업고
섬 돌아돌아 둑길에서 만난,
초경의 경련처럼 번지는 붉은 하늘 아래
자궁 다 드러낸 채 시들어가던
도라지꽃
출렁이며 바다를 물들이던
그 보라빛 치마,
어스름 지워져 가는 길에서
당신, 꽃 피는 사월이라고
내게 처음 입술을 열 때,
안개비처럼 축축하게 젖어들던
그 밤 푸른 밤
나 주저앉아
치마 다져 모으며
행복하다 차마 말못한 건,
그 향긋한 시간에 어긋나
홀로 아팠던 건
그래요
미친년 보라빛 치마

그 눈빛

꽃 지는 사월이라
사랑은 저만치서
그칠 거라고
사랑은 머언 저만치서
반드시 그칠 거라고
보라빛 치마
그 눈빛으로

가문비 나무

그 날

마음에 비 내렸다

사는 동안의 비, 모두

여름의 끝

"언제 저리 자랐나"
아버지 텅 빈 눈에 고인
해를 등지고 선 해바라기꽃
시집간 딸을 바로 보지 못한 채
아버진 그렇게 돌아오셨다

밤새 할머니가 덧칠한 마른 똥자욱 아래
나이 오십에 처음 피워본 아버지의 젊음은
누룩진 사랑을 게우고
그렇게 돌아오시었다

초록이 지고 있다
견뎌온 만큼 무거운 세월의 짐 위로
잠시 동안 당신만의 것이었던 청춘

다시 겨울이 오고
빈 들판에 홀로 서 있을 한 그루 나무
당신은 그렇게 돌아오셨다

씨앗을 가꾸는 여자

참 따뜻한 햇살이었죠
가벼운 바람에 실려 고 작은 씨앗 하나가
내게로 온 날은
그날부터 전 씨앗만을 생각했답니다
어디다 키울까 어떻게 키울까
햇살은 얼만큼 주고 물은 또 얼만큼 필요할까
넘쳐도 안 되고 모자라도 안 된다는데
어떤 꽃이 필지 모르는데
내가 선택한 화분은 적당한 걸까
흙은 기름지고 건강한 걸까
씨앗을 가꾸는 일은 나의 전부가 되어버렸습니다
하루 종일 씨앗만 보고 있는 내겐
도무지 자라고 있다는 게 믿기지 않았지만
늘 치음보단 제법 컸습니디
그 씨앗이 재크의 콩나무처럼 자라나
구름사다리로 오르는 행운을 안겨주든
가시덤불을 이뤄 내 살을 후벼오든
이제 아무래도 좋습니다
햇살 한 줌 물 한 줌에도 마냥 즐거워
까르르 웃는 저 얼굴,
그 안으로 난 지금 들어가고 있으니까요

일요일 오후

남편의 하품은 길다 티비는 혼자 떠들고
아기는 손가락을 빨며 얕은 잠을 이어간다
감나무 마른 잎들은 먼지에 쌓인 채 고개만 까딱이고
건조대 빨래들은 축 늘어져 뚜욱뚝 물을 흘린다
느슨하게 풀어진 해가 꾸물꾸물 들어앉았다가
그림자만 길게 남기고 기어나가는 일요일 오후
…문이 없을까 풍선처럼 가볍게 동동 떠
이 나무에서 저 나무에게로 몸을 옮기고 싶다
발 디딘 곳 이 전의 기억을 더듬어 그 수액을 마시고
튀밥처럼 부풀어오르고 싶다 …문이 없을까
길어진 그림자가 서늘한 이불로 덮어오자
아기는 화들짝 두리번거리다 칭얼대고
남편은 불룩한 배를 내밀며 기지개를 켠다
부풀어 몸 옮길 나무 감추려는 듯
위로하려는 듯
어둠은 구석구석 번지고

초경

산밭에 누웠다
하늘 가득 내리는 눈
입술 위 층층 쌓이고
함박눈 내려 함박꽃 피는 줄 믿던 바보
쌓인 눈 속에서 눈만 먹다 하얀 똥 누기로
꽃피지 않는 나라에서
'무궁화 꽃이 피었습니다'
뱅그르르 도는 술래 놀이
— 신이 봐주지 않아도 좋아라
지상에서 가장 순결한 창녀를 꿈꿨다

낙엽

바닥이 차지 않니?
바람이 널 내몰았구나
새순 돋을까 쓸쓸한 얼굴이다
하늘도 햇살도
널 보낸 바람마저도
뼛속 깊이 앙상한 겨울
기억하니?
햇살을 만나
투명하게 떨리던 네 속살
환한 그 초록, 눈이 부셨어
이리 될 줄 알고 있었을까?
너 또 바람에 돌아눕고
남루하게 돌아서는 가을
바닥이 너무 차지 않니?

비오는 집

지금 조용히
이곳은 비
비쩍 마른 나귀 한 마리
젖은 솜을 신고
검푸른 안개 사이
길을 더듬는다
엄마가 그립다
언제일까
이 곳으로 온 처음은.
머문 만큼 쌓인 짐이
훌쩍 키를 넘어
짐들의 집, 그 아래 묻힌다
지금 조용히 아무도 괴롭지 않아
이 곳은
비

아기

꽃만 보면 몽싯
몽싯 쭈그려 앉아
꽃만큼 작은 손끝으로
살짝 꽃잎 깨워 그 향기를 묻고
푸른 꽃이면 푸른 꽃 피려고 점점 작아져
보라 꽃이면 보라 꽃 피려고 점점 작아져
흙 속 깊이깊이 뿌리라도 묻을까
엄마는 잡아끌어 품에 꼭 껴안아 가고

달만 보면 둥실
둥실 떠올라
옆집 담 위까지 떠올라
빨갛게 익은 대추
손에 잡을 만큼 높이 떠올라
둥글고 환한 달까지 날아갈 까봐
목마를 태운 아빠는 두 손 꼭 붙들고 가고

물만 보면 첨벙
같이 흐르려 첨벙
허리 예쁜 물고기 따라 헤엄칠 테야
투명한 물이 되어 따라 흐를 거야

어느새 휘적휘적 첨벙
물 속 깊이 첨벙
엄마 아빠 소리치며 뛰어와도 졸졸졸

하늘로 가는 터널

엄마
전 참 많은 걸 가졌어요
하루종일 뛰어도
같은 자리로 돌아 갈 수 없는 너른 마당
빵 부스러기 약간에도 시시하다 놀리지 않고
언제든 날아와 친구가 되어 주는 새
그 새는
절룩이는 발로도 폼 나게 나는 법을 가르쳐 주고
천둥비에도 곧게 뻗어 하늘 꼭대기에 닿는 나무,
바람에 몸을 맡겨 물 흐르듯 춤추다
사라락사라락 노래하는 잎은
조용히 묻혀 흙이 되는 법을 들려줍니다
엄마
배봉산 아래 반쯤 기울어진
참새똥만한 집이라지만
이 세상 고통이 어우러 눈물로 길을 닦는
여긴 저 달의 입구랍니다
엄마
어둠이 깊어질수록 환한
저리도록 환한
저 달을 한 번 보세요
하늘로 가는 눈부신 터널이 거기 있잖아요

삶의 시선 004

오래된 미신

초판인쇄 | 2002년 5월 12일
초판발행 | 2002년 5월 15일

지은이 | 〈거미〉 동인
펴낸이 | 이인휘
펴낸곳 | 도서출판 삶이 보이는 창
등록번호 | 제18-48호
등록일자 | 1997년 12월 26일
배본 | 한국출판협동조합 02)716-5619

(153-850) 서울 구로구 구로6동 314-1 극동상가 412호
전화 | 02)868-3097   팩스 | 02)868-4578
홈페이지 | www.samchang.or.kr
E-mail | samchang@samchang.or.kr

값 5,000원

ISBN 89-952205-5-4